KB273456

늙은 친정을 간다

이순영

반달뜨는꽃섬

늙은 친정을 간다

시인의 말

12월
점점 깊어지는 겨울의 한 가운데
쓸쓸하고 슬프고 아름답다

적막하고 옷깃은 더 여미지만
이제는 장보기도 문장도 평화롭다

감나무 우듬지
부엉이 쉰 노래 물고 앉는다

2025년 12월

이 순 영

목차

서문

1부

제1부

어째여

은행잎 자네가 노라면 노랬지
왜 나더러 노래지라는 거라

노악산 고운 비단띠 두르고
서둘러 마을로 내려오는데

남장 동네 감이파리 네가 붉으면 붉었지
왜 나더러 붉어지라는 거라

절 마당에 알록달록한 햇살 노닐고
계곡 물소리 추루룩추루룩 만추라 하는데

퇴동 모퉁이 비탈에 선 참나무도
찝적찝적 물색없이 굴고 있는 거라

산이, 산이 나더러 단청 입으라 하는데
어째여, 나 어째여

구두실

뒤안 대숲이 무섭게 울었다
문풍지 밤새 버릉버릉 떨고
돌담으로 드나드는 바람
소나무 가지 내려앉는 소리에 뒤척이다가
새벽잠 든 날은 엄마 목소리 다락보다 높았다

청솟갑 쳐대는 매캐한 아궁이 불길 활활 치솟고
세숫물 데워 바가지 띄워 놓으면
발갛게 튼 손등 따가워 고양이 세수를 했다
소반 위 간장 종지 미끄러지고 문고리 쩍쩍 붙지만
기름 동동 뜨는 고깃국이라도 먹는 날은
한 마장 넘는 등굣길 아랑곳 않고
북풍이 몰고 온 눈보라에도 기죽지 않았다

애면글면 아파도
고향집 삐걱거리던 마루
이끼 낀 돌담 그을린 정지문
흙마당에 자욱이 깔리는 저녁 연기

젊은 엄마의 광목 앞치마
예닐곱 겨울

공일

어린 날
잿간도 두엄더미도 텅텅 비고
봄빛이 어지간해지는 때는
부지깽이도 나와서 일을 거든다고 했지
그나마 비라도 지정거리는 날은
식구들이 다 좋아하는 공일이다

가마솥 뚜껑을 뒤집어 걸고
부침개를 부친다
비를 쫄딱 맞은 하굣길
골목 어귀까지 마중나온 꼬신내

아버지는 낮술 두어 잔에
천둥 벼락 같던 성미도
자분자분하고 은근해진다
엄마는 방안 가득 암모니아 냄새로
머리 염색을 한다

할매는 무명천 책가울 너덜너덜

언문 필사본 한양가를 빗줄기처럼
장단조로 훑어내린다

망종

장날이다
검게 그을린 엄마
공책만 한 면경 앞에 앉아 화장을 한다
무명실 튕겨 얼굴 솜털을 제거하고
헌 런닝 조각 천으로 닦아낸다
얼굴이 검게 반짝인다
엄마는 구루무를 찍어 바르고
빈 박가분통에서 은가락지를 꺼내 손가락에 낀다

장을 간다
정구지 석 단 열무 닷 단을 이고
간잽이 고등어를 바꾸러 간다
치마꼬리 잡고 따라간 읍내 장터
앵두 한 종지 얻어먹고
난전 옷장수 아재가 예쁜 간따꾸를 입혀준다

개구리 요란한 어스름 저녁
소쩍새 울고
보리타작 마당 깔끄러운 멍석 위에서

별똥별에 비벼 늦은 저녁을 든다
고등어구이 짠내
북띠기 태우는 연기에 묻어 어둠 밑으로 깔린다

큰 경대 앞에 앉은 엄마가 화장을 한다
선크림을 바르고 에어쿠션 톡톡 두드리고
입술을 발갛게 마무리한다

엄마 꽃밭

뒷마당 돌담
치렁치렁 능소화가 흘러내렸다
담 밖 구경 다한 키 큰 나리
되바라져 미풍에도 알랑대고
숫기 없고 겸손한 해바라기 연신 인사한다
장독대까지 번진 꽈리는 천덕꾸러기
해마다 그 자리 파리하게 피던 흰 봉숭아는
붉은 봉숭아 속에서 죽은 듯 조용했다
가죽나무 오르던 여주 불거진 속살 부끄럽고
색색 채송화는 쪼그리고 앉아 벌을 낳아 키우더니
봄꿈을 꾸던 개나리
깐종하게 낫질되어 삭발 수행 중
장꽝 둘레에 성했던 흰 사기풀은 서슬도 허애
찹쌀 전병 위에 수놓을 맨드라미 맨드라미
대밭 언저리 쭉 빼올린 상사화를
엄마는 난초꽃이라 했다

엄마 꽃들이 좋다
내 꽃밭 아무리 화려한 척해 봐도

초여름

사방공사 가시는 아버지를 따라가 심은
아카시아나무 골골이 꽃을 피웠다
병모가지봉이 하얗다

새방골 물탕골 갈가실재
어린 시절 헐벗은 민둥산이었다
봄이면 부역으로 품팔이로
아카시아나무 옷을 입혔다

십장 아저씨 재건복 팔에 완장 두르고
등성이를 날다람쥐처럼 뛰어다녔는데
아버지도 아저씨도 이제는 저 산
울울창창 그늘에 쉬고 계신다

둥그리둥그리 맘대로 흘러내린
산 아래 첫 동네 강씨 꿀벌통 넘치겠다
올해도 아카시아 섬 꿀깨나 뜨겠다

애기똥풀

차바퀴에 밟힌
애기똥풀 노란 피 철철 흘린다

5월 천변가 경고문 나붙었다
  -하천을 무단으로 점용한 자는 2년 이하의 징
역 또는 200만 원 이하의 벌금에 처함-

애기똥풀
사방 융단처럼 깔려 있는 그곳에
표지판 다리 길게 서 있다
옐로카드 뽑아 들지 않아도 경고로구나

여리디여린 꽃 솜털 송송한 줄기가
독성이 있어 친환경 농약으로 사용한다는
애기똥풀, 애기똥풀
바람에 스치기만 해도 노래진다

젊은 날 5월
노랑은 약자의 색깔이었다

뭉크처럼 절규하고 어디론가
빨려들어 갈 듯한 나날
노란 깃발 속 함성은 비명이 되어 깔렸다

애기똥풀 바람에 눕는다
미열에 노리한 현기증으로 메스껍다

그 해 가을

긴 비에
농수로 구거에는 물이 넘쳤고
가을걷이는 점점 늦어졌다

기온이 뚝 떨어지자
산등성이는 단풍으로 활활 타올랐다

깜수가 집을 나갔고
빈 개집 옆 황국의 아찔한 향에 비틀거렸다
골짜기 유기견센터까지 개를 찾아다녔고
돌아오는 길에 차를 긁었다

단풍을 보러 용흥사 계곡 찾은 날
친구는 새 애인을 소개시켜 주었다
친구의 눈높이는 늘 같다는 걸 알았다

텃밭에 여러 잡곡을 심은 그 해
장인의 이름 새겨진 호미를 선물 받았고
칭이를 사고 얼개미 사고 도리깨도 샀다

가을엔 뭐든 자꾸 처마 안으로 들여야 한다는
할매가 보고 싶어졌다

이따금 낙엽이 회오리 돌다 처박히고
고요가 천길 우물같이 깊어만 갔다

의례처럼 전어를 먹었다

농담

젊을 때
술독을 떠메고 다니던 남자
서울우유와 같이 들어오고
조선일보와 함께 들어오기도 했지만
그리 막무가내는 아니었다

딱 한 번 뒷동 801호를 찾아들어
소란스런 새벽을 창으로 내려다본 일 외엔
주정을 한다든지 자신의 일 소홀히 한 적 없었기에

산등성이 넘고 넘어
새벽잠이 없어진 지금
4시 반이면 눈이 떠지네
그날도 골군 짠지 무를 썰다 무딘 칼을
TV 살림 9단에서 배운 대로
국사발 엎어놓고 빠르게
벼리고 있었다

기지개 켜면서 나오던 그 남자
눈이 휘둥그레지더니
슬며시 방문이 닫히는 것이다

서울 반점

오만 가지 짬뽕 메뉴에 밀려 중국집에서 사라진
우동

어슷어슷 썬 채소며 오징어, 얇은 죽순까지

눈을 감고 향을 훑는다

맑은 국물 매콤하니 목구멍을 탁 때리네

사래가 들면서 재채기에 눈물 콧물이

이참에 그릇에 얼굴 박고 쿨룩쿨룩 울었다

지금은 탕수육도 사 드릴 수 있는데

늘 우동이 제일 맛있다고 했다

엄마는

불발탄

이십 대 초반 한창 세상이 어지러울 때 금호동 산비탈 달동네 동생 자취방 근처 대학을 다니던 동생과 몇몇 고뇌에 찬 젊은 눈빛들 두런거리더니 최루탄 한 개를 내미는 것이었다 데모 현장에서 주워온 것이다 두려움과 망설임 더 미룰 수 없게 되었을 때 파출소 문을 밀고 들어섰다 그들은 책상을 탕탕 쳐대며 어디서 어떻게 생긴 놈이 전하라 했냐고 내가 시위 학생인 양 길길이 뛰었다 그 때 그들은 보통 그랬으니까 나는 눈물까지 글썽이며 떨리는 손가락 동생 자취방 반대쪽을 가리켰다 정신없이 비탈을 내려와서 여기저기 기웃대다가 금호극장에서 동시상영 영화를 보는 둥 마는 둥 강수연 얼굴만 생각난다

콩 고르기

뒤껼 빈터에 심었던 메주콩 이십여 포기
애벌 바심한 채로
여지껏 잊은 듯 구석에 뒀잖아

겨울 한가운데
초저녁잠에서 깨어난 이른 새벽
날 세운 바람 함석지붕에 시비를 건다

알루미늄 쟁반 비스듬히 기울여
콩깍지와 찌꺼기 남기고
알콩과 잡다한 생각 또르르 미끄럼을 태운다

할매는 내 머리맡에서
이렇게 재미있는 놀이를 밤새 혼자만 하셨구나

돼지 농장 수탉이 홰를 친다
알콩달콩 두되 반

수제비

비가 온다

멸치 국물은 우리고
감자는 숭덩숭덩 맘대로 썰어
치대고 늘리고 주먹질로 깨운 반죽
양파 김치쪼가리 오르락내리락할 때
빗소리에 얹어 뭉텅뭉텅 뜯어 넣는다

눈을 감고 열다섯 살 그 때 소반 앞에 다가앉아
야들야들 매끄럽고 뜨끈한 기억을 넘긴다
콧잔등 목줄기에 땀이 맺힌다

우산을 받쳐 들고
늦은 하굣길 딸을 마중 나오는
모퉁이를 돌아 가까워지는 월남치마
그날 먹은
불은 감자 수제비 한 그릇

지금 내가 산다

지친 시

　설날 먹다 남은 탕국을 다시 끓인 다고 부산떨어
봤나

　코가 맵네 화근내가 어디서 날까
　뒷 베란다 여벌 가스렌지 위에서 숯덩이가 된 탕
건더기
　그대로 내다버리고 싶은 스텐레스 찜통과 나
　여닫이 문 활짝 열어
　쓰나미로 몰려드는 연기 눕히고
　추워서 쩔쩔 매던 밤바람 들여 앉힌다

　뼈만 앙상하던 달도 가고
　목쉰 부엉이 잠시 앉았던 자리
　오선 전깃줄에 별 다닥다닥

　블랙커피의 밤이 길다

단연코

나, 결코 오이일 수 없다

비록 접붙여져 넝쿨 너울너울 키워내고

수개월 수십 개 오이 열매 맺어주고 있지만

뿌리는 굵고 튼실한 호박이다

단연코 호박이다

내 뿌리를 내리고 내려 암반도 뚫을 건데

번번이 잡초처럼 비틀려 패대기쳐지지만

돌담 틀어 타고 장맛비에도 넘실거리던 그 시퍼
런 기억으로

오늘도 호박잎 또 밀어 올린다

제2부

봄바람

싸늘하게 거친 척 나대지만
갈기는 부드러워라

까불까불 싸다녀도
꽃눈이 할긋

온몸이
두둠칫 두둠칫

부정

영감님 오늘은 편안하신가
허공을 딛는 듯한 물기 없는 걸음
평생 농사꾼으로 단단했던 몸이지만 수굿하다
소방도로 들어가고 남은 긴 자투리땅
말갛게 콩 심어 놓았다

철도관사와 드물게 남아있던 적산가옥
산 아래 영감님 밭까지 길로 들어가니
시시마끔 잘살던 자식들 명절도 생일도 아닌데
쥐 풀방구리 드나들 듯한다

억 억 보상금에 갈피를 못 잡는 영감님
네 자식 삐삔내기로 드나들며 하는 효도에 진저
리친다

서울 가서 같이 살자고 하는 큰아들
(저 공부 안 한 게 부모 탓인가)
막내는 해준 게 뭐가 있냐고 으르릉댄다
죽을 때까지 쥐고 있으라던 친구도

적당히 줘버리란다

똑같이 나눠 줄까
잘사는 둘째는 제낄까 어쩔까
(그 놈이 더하다)
못 사는 딸을 더 줄까
아니다 이걸 어쩌나

작은 도시는 사방 길치레로 몸살을 앓는다

버름하다

정월 대보름도 아닌데 지신을 밟고 잔치가 열렸다

서울 사람 김 사장 처가 동네에
하얀 집을 지어
넓은 마당에 비싼 나무와 기이한 돌 세우고
동네 사람들 불렀다

빠짐없이 참석하라는
이장 목소리 새벽부터 하늘을 떠다닌다

출장 뷔페 차일이 그늘져 있고
큰 접시에 음식 수북이 담으란다

풍물패에 넋이 빠진 할마씨들 굿거리장단에 어깨
주억거린다
자진모리가 흐르고
늙고 구부정한 작은 몸속 어디에 저 기운 숨어
깨갱 깨갱 휘몰아치는 장단에
신명이 넘친다

햇살도 전을 거두고
잘 놀았다 좋다 좋다
불콰한 목에 수건 한 장씩 걸고
보행기 잡고 그림자에 끌려가면서
한마디씩 한다

감나무도 한 그루 안 심어놓고는

청리역

역무원도

승객도

고양이도

없다

고요가 엎드린 플랫홈

개망초 강아지풀 쑥부쟁이 앞에

기차가 서고

푸른 바람이 타고 내린다

실경이

　허우대는 장골인 놈이 세상천지 뭔 주망인 줄도
모르고 도꼬리 뒤집어 입고 발광을 하더니 하매
나 하매나 이태나 됐는데 아도 안 밴다고 지 지집
을 펑펑 패는기라 우예 그런 숙막이 다 있겠노 나
무를 해오라칸께 애동나무를 잡아서 반 지게 걸머
지고 건들건들 또랑 건너다가 쭐쩍 미끄덩 까꾸로
처백힜는기라 얼매나 옹골찌든지

　손 귀한 집에 시집 온 지 3년 치성 드려 얻은 자
식 명줄 길어 오래오래 살라고 낳자마자 실경에
올려놓았다네 양밥 효력 있으련마는

물레 혼인

1924년 갑자년, 홀아버지와 세상 버린 형이 떨군 조카까지 건사하느라 스물다섯 되도록 장가를 못 간 이씨 총각 대준이 있었다 여동생 부용도 스물이 되도록 과년해져 고심이 깊었더라

사방 십 리를 훑어도 혼삿길은 없었으니, 삼십 리 안에 엇비슷한 혼맥이 있었는거라

1905년생 광산 김씨 처자 순옥, 큰 오라비 내외 밑에서 미혼 둘째 오라비와 그나마 갯밭에서 잡곡을 거두고 논뙈기가 있어 공출을 피해 산속으로 나락 가마니를 숨기기도 했다더라

훤칠한 키 열여덟 안동 권씨 처자 오생, 납작 엎드린 초가에 조악한 살림살이 부모와 상처하고 아들 하나 끌안고 넋 놓은 오라비 멀건 풀뿌리 죽으로 연명했다니 누렇게 뜬 얼굴이 말이 아니더라

문고리 쩍쩍 붙는 섣달 초승 순옥은 이씨 노총

각과 부용은 권씨 후처로 오생은 광산 김씨 둘째
며느리가 되었다 세 집안이 사주단자를 주고받고
받고주고 한날한시에 혼사를 치러 물레 사돈이 되
었더라

혜자 아버지 김길수 씨가 여덟 번째 아들을 보
기까지

대문도 없는 돌담
청솔가지 끼운 금줄 내걸은
섣달그믐에서 정월 열나흘까지
찬물 목욕재계하고 누구하고도 말을 섞지 않았다
금박골 금굴에 모셔 뒀던 놋제기를 윤이 나게 닦아
마을 입구 창호지 펄럭이는
새끼줄 칭칭 동인 팽나무에
동 제사 지내기 수 년
그 해 사월에도 일곱 번째 딸을 낳았다

낡은 상여 불태우고 새 상엿집을 짓고
마을 상여를 장만한 해
돼지 잡고 지신 밟고 동네잔치가 열렸다
빈 상여 맨 상여꾼들 시운행 하는데
앞으로 두 발짝 뒤로 한 발짝 지루한 골목 누빔 중
아들이 없던 영선이 아버지와 각 세우다가
재빠르게 요령잽이 자리에 올랐다
동네 안녕 먼저 빌고 빌고 구슬픔에 젖은 청이

앞산 메아리 되어 돌아와
하늘의 명 안다는 쉰 살에
얻은 아들이 흰 두 줄 완장 차고
시커먼 일곱 자형 틈에서 맞절을 한다

향년 95세 세상을 버렸다

외출

추석 연휴

할매 손에 자란 손녀
명절 제사는 안 지내기로 했단다
요양원에 할매를 모시고 나와 점심을 먹는다

끓는 육수에 채소와 고기 담박담박 적셔
잘게 찢어 할매 입에 넣어 드린다

패딩 잠바 입고
에어컨이 빵빵 나오는 자리에서 추워하는 할매는
맛나다 맛나다 하면서
아이고 요상해라 이기 다 뭐라 뭐라
낱낱이 묻는다

손녀는 할매를 안고 음식을 일일이 손으로 가리
킨다
큰 스텐 두멍에 뿌연 것을 들여다보면서

이건 뭐라
식혜야 할매가 우리한테 만들어 주던 단술이잖
아
아이고 아이고 이키나 많은 감주를 띄울라면
두 말 가웃하는 솥에 안치야 되여

순하고 눈길이 가는 나들이다

농학박사

비 개인 토요일 오후
이웃 논이 소란스럽다
삼부자 노란 줄 잡고
춤추듯 일렁인다

박사학위 받았다는 큰아들
큰 은행 다니는 작은아들
아버지는 이리저리 나락을 헤치며
약을 친다

경운기 딸딸거리는 소리와
멀리 약대를 잡은 아버지 고함소리
압력에 약줄이 빠져 포물선 그리며
애먼 하늘만 허옇게 소독하고 있다

어쩔 줄 몰라하는 큰아들
둑 중간에 멀뚱이 줄 잡은 작은아들
논 한복판을 질러 뛰는
칠십 대 농학박사 아버지

오갈미댁

할매는
사랑방 횃대에 여름을 하얗게 걸어 두고
사그락사그락 친정을 간다
모시치마적삼 가슬가슬 풀 먹어 부풀고
코고무신은 덩달아 광이 난다

참빗질 단아하게 쪽을 지고
단정한 콧날에 눈매도 반듯하다
미수米壽의 물꼬 틀고도 한 마리 학인 양
시오리 방둑길을 서리서리 돌아
열네 살에 여읜 아버지 제사에 간다

늦여름 매미소리 사열 받으며
양 어깻죽지 날개를 단 듯
오갈미 간다
늙은 친정을 간다

무한긍정

밥이 질면 구시지요
밥이 되면 꼬숩지요
짜면 물 더하면 돼
싱거우면 장물 좀 타요

구순 영감님 생짜증 구스르고 으르는 장태분 할매

거적때기 같아도 살아계셔서 고맙지 뭐
사는 날까지는 내가 거둬야지

매일을 고불고불고불 아장아장아장 살아낸다
질기고 무던도 한 세월
주름도 춤추다 털썩 주저앉은

퇴고

아침 댓바람에 트럭 너댓 대 들이친다
평균 나이 63세 외남면 청년회 회원들
전지가위 전기톱 앞세워 술렁술렁

복숭아나무 우듬지
혼신 다해 발그레 물들이지 않았을까
이미 단물을 품었을지도
겨우내 칼바람 마주한 보람 없다
쭉쭉 뻗어 올린 가지초리 뻗나간 묵은 가지
거침없이 쳐 내려
엎힌 잔가지마저 털어내니

나지막이 퍼진 밑동
어슴푸레 안갯속 혼연한 뒤태
다산한 여인 엉덩이를 닮았다

저 튼실한 앉음새라니

노령연금

　　차를 타면 신호에 걸리지 않게 기원한다는 팔
순의 양춘금 할머니 그날도 밝은한의원에서 침을
맞고 택시를 탔다네 제일은행 사거리에서 신호 받
고 향청 사거리에서 또 신호 받고 아리랑고개에서
는 황색 끝자락에 날 듯이 아슬아슬 오장이 오그
라들 듯한 재미와 안도감을 감추고 기사 양반, 무
리하지 마시오 나무라는 듯 백미러에 마주친 선한
눈이 불그레 미안해했다네 동네 입구에서 팔백 원
이 더 나왔다고 칠천 원만 달라는 기사와 이백 원
을 붙여 팔천 원을 받으라는 할머니 천 원이 창으
로 들락날락 왔다갔다 경우 똑바르고 빌미쩍은 것
못 봐주고 문리가 툭 터진 그 누구한테도 손해 보
인 적 없다는 뒤에서 불리는 이름 그 별난 할마이
양춘금 할머니

　　어느 아들놈이 다달이 30만 원씩이나 주겠노

　　허리가 꼿꼿하다

반짝 교실

채송화 활짝 웃는
아침 햇살 퍼지는 바람결부터
고작 두세 시간 반짝 학교가 열린다
인근 동네에서 모여든 벌들
교문이 비좁다
색색 빛깔 여린꽃 채송화 교실에서
이꽃 저꽃 강의실 옮겨 다니는
문해학교 학생들이다
아니 만학도들이네
윙윙윙 배움은 때가 있는 게 아니라지만
굽은 등허리에 화분덩이 안고
꽃 책상에 엎드려
온 힘으로 숙제를 한다
비장함으로 꿀을 빤다

상강

소백산 내리막길

단풍 선봉대

노을 저녁 마당 켠

하룻밤 묵는다더니

그단새 무슨 일이 있었구나

보리똥나무

저리 낯붉히는 것 보니

제3부

청명 무렵

꽁꽁 싸매고 앙다물고
새초롬 저녁 굶은 시에미 같던 화단에
꿈틀꿈틀 수런수런
수선화 튤립 백합 작약 슬쩍 들어와 앉는다
바람결 호명으로 둘 셋 모였지만
뽀송뽀송 솜털 아직은 부끄럽다
서로 곁눈질만 한다
나뭇가지 앉은 참새들 떼창으로 거들자
순식간에 터진 입들
봄비는 종일 맨땅에 지분거리고
비릿비릿 흙 비린내
바람은 바람은 안쪽으로만 감겨든다
이제 알겠지
머지않아 꽃이 불타는 이유를

2월

아이야
방둑에 올라 철새 구경하자
수백 마리 기러기 포물선 너울
북으로 북으로 겨울을 옮기는구나

얼음 풀린 냇가
이른 버들가지 오소소 떨고
늙은 감나무 우듬지
푸르스름한 기운 흐른다

동틀녘
서릿발 성긴 붉은 대지
서걱서걱 숨 고르기 한다
기지개를 편다

먼 산봉우리
희끗희끗 눈 이고 태연한 척
귀때기 치는 바람
아직은 시리지만

봄이다

캐는 냉이마다 향 맡아 보느라
코끝에 흙 묻었다

제비꽃

어쩌랴

납짝 엎드릴 수밖에

오가는 차바퀴 사람 발자국 밀어내고

점점 뒤로 물러나 앉았지

양지 언덕배기 터 잡고도 싶지 않았을까

길옆 옹기종기 서로 보듬는 푸른 눈빛

바로 앉아 생긴 대로 사는 거야

목덜미 닿는 햇살 따사롭다

밤하늘 이야기 귀를 열고

툭 툭 치는 바람에 그리 흔들릴 것 없어

쪼그리고 앉아 가만히 들여다보라

제자리 잡은 봄을

바람이 말을 걸어올 때

검불만 그득하던 밭둑길에 꽃다지 노란 카펫을
깔았다

땅이 몸을 푸는 소리
꽃이 벙그는 소리
코끝이 달큰하다

봄을 지르러 가자
파마를 하고
새털보다 가벼운 새 운동화 신고
배낭을 메는 거야
안 친한 시당숙네 결혼식은 돌아보지도 마

열차에 오른다
막 잠에서 깬 산 배배 꼬는 몸짓에도
한달음에 갯내음 남도까지 내딛는 거야
동백 붉은 꽃그늘
통통선 줄 세운 선창가
시끌벅적 국밥집 취객에 섞여

후루룩후루룩 허기를 채운다

붉게 물든 바다가 넘어온다

상주 서곡書谷

비 온 뒤 새방골은
구름 방석에 결가부좌하고
순백의 비단 풀어헤친 듯
변화무쌍 선경입니다

큰 홍수 때 상주목이 다 잠기고 새 앉을 자리 만
큼만 남아서 새방골이요 갓 꼭대기만큼 남아 갑장
산이라

그 갑장산 오른쪽 어깨에 기댄 식산 새방골이
코앞에 바짝 다가앉습니다
물탕골 샘마다 구름 꽃피워 올립니다
밤사이 산이 내려앉아 평평해졌다는 성지골
마샛골 아래 서당마는 엷은 강보에 싸여
잠든 듯 평화롭습니다
인가가 드문드문한 웃뜸
천 년 동안 동해사를 지고 합장하는 대밭골
무지치기 배우이 갈가실재 우암재도
아버지 좌익하다 쫓겨 숨어 지내던 범골 굴

8골짝 골짝 전설이 꽂힌 도서관입니다
도곡道谷서당이 있는 저 넓은 구릉지 구두실이
제 고향입니다

소만

살마 놓은 무논 아지랑이 피어오르고
이앙기 기계음에 뻐꾸기 장단
들판이 조각조각 메워진다

흙탕물 아직 가라앉지 않고
겨우 머리 내민 갓난아기 모 세 가닥
돌 화석에 콕콕 찍힌 새 발자국 같다

긴 다리에 밟힌 모 포기 안중에도 없는
애꿎은 두루미 가족은 논둑으로 올라서라

거꾸로 처박힌 산 그림자에도 찔레꽃은 피어
반짝이는 윤슬
일렁일렁 여름으로 건너가는 때

개양귀비 꽃잎 젖히는 순한 바람아
초록, 초록으로 붓질하는

요맘때

옥수수

모종 심을 시기 다 지난 때
창밖 빈터에 옥수수를 심었지
단지 여름 한낮
소나기 걸어갈 때 큰 잎에 떨어지는
빗소리나 들을까 하고

늦은 파종이라 꽃도 더디더니
처서 무렵에 수염이 마르기 시작하네
심을 땐 그랬어
바람 쉬어갈 때 서걱서걱
잎 부딪는 소리만 들으란다

찌는 냄새
뒤안에서 뛰어나온다

날구지

쨍쨍하고 무덥던 여름날들
십 분이면 빨래가 미역처럼 말라비틀어지는데
그 허구한 날 다 말아먹고
입추가 지난 가을장마 초입
옷장 문 활짝 열고 냄새 큼큼 맡다가
속옷 겉옷 한두 번 입은 옷 한아름
세탁기에 넣으려다 창밖 하늘을 본다
어라, 구름마다 만삭이네
거실 소파에 던져둔다
먹구름 사이 청하늘이 빠꼼이
직진 외엔 다 마비된 조급증
잴 것도 없이 세탁을 한다
힘겹게 서너 번 돌았을까
하늘이 비명을 지르면서 긴 해산을 한다
초산도 아니면서 유난스럽긴

정들이기

오대동 앞뜰
가을 익는 냄새 달달하다
배추밭머리 앉은 햇살도 겸손하고
마당에 놀러온 갑장산도 젊잖다

메뚜기가 툭 툭 뛴다
차에서 내린 한 무리 페트병 들고 흩어진다
내 밭가에 튀는 메뚜기
다 내 것인 것을

여명이 걷히자 욕심 앞장세운 나는 전사가 된다
이슬 먹은 놈들 숙취에서 깨어나지 못하고 헤롱
거린다
밤샘이 부족했니 아직도 사랑하느라 정신 못 차
린 것들아
들판이 메뚜기 반 나락 반이다

매일 밤 눈썹 위에 메뚜기 달고 잠을 청한다

곶감철

상주에 곶감철이 오면
시내는 긴 휴가에 들어간다
시장 골목 정적 감돌고
쓰레기통 뒤지던 고양이도 얌전해진다
미용사들 팔짱 끼고 텅빈 거리 구경한다

외국인 노동자 시끄러운 터미널
관절염 다리 할매도 시청 과장 사모님도
모자 눌러 쓰고 감 깎으러 간다
차광막 씌운 감타래마다
번갯불에 콩을 볶는다 주황색 손 춤을 춘다
할매 걸쭉한 Y담에 키득키득
여주인 눈동자 바쁘다

공판장 늦은 밤까지 경매 소리
시가지를 감물 들이고
감 트럭 출하 방향 표시 따라
새벽까지 줄 서 있다

시가지는 감타래 다 채울 때까지
조용히 엎드려 기다린다

상주 화산동

집집마다 문간에 흰 개새끼가 낑낑거린다

소나무숲 향으로 풍욕을 즐기는 그들
산 사람과 죽은 이들 낮은 담 하나의 경계로
경북선 철길 베고 누워 토막잠을 잔다

오래전 그곳은 북문 밖 강 건너 언 땅이었다
들목이 하나뿐인
들어서면 다시는 나갈 수 없는 곳

매일 연기 내뿜는 검은 굴뚝
더없이 억울했을 민초들이었으리
죽어서도 덧포개져 좁은 어깨 부대끼며 그렇게
민둥산을 이루고 바람결로 흩어졌으리

공원을 짓고 축대를 단단히도 개어 올리고
한자리씩 집을 앉히고 금을 그었지만
어딜 가서 들어봐도 터가 세다네
흰 개가 집 앞에서 짖어대야 한다니

불야성을 이루는 주말 그 시민운동장에서
뻥 뻥 공을 차올리는 상무의 제사

하늘과 땅이 와와
그들을 치성하는 큰 굿판이다

여름 마당

독가 농원
대형 사료차가 드나들기도 하지만
흙마당 고집하던 그도
유월로 접어들면
콘크리트를 깔고 싶어한다

바랭이 쇠뜨기풀 쑥부쟁이 지칭개 벌씀바귀 까
마중 개망초 제비꽃 방거지똥 도깨비바늘 수크렁
쇠비름 명아주 매듭풀 괭이밥 주름잎 돌콩 꽃마리
박주가리 왜래종 가시박덩쿨의 무서운 세력

펄쩍펄쩍 뛰는 이 날것들

채석강 1

격포 바다는
어쩜, 억겁의 시간
읽은 책을 한 권도 버리지 않고
저렇게 차곡차곡 쌓아 놓았을까
저 아래 눌린 고서의 낱권
위치를 바꿔 주고 싶은데

백악기 중생대 억만 년 전
공룡들도 이 너럭바위에서 같이 공부했나
움푹 패인 작은 호수들
발자국 닮은 하늘에 담긴 얼굴

저 멀리 파도가 키운 유채꽃 배경
물 위를 뛰어 사진 찍고
바람에 절여진 웃음소리
방명록에 조그맣게 기록한다

단 일 초도 멈추지 않는 정진
긴 책장 앞에 고개 숙인다

채석강 2

물때 시간표가 있다는 것
시시때때 표정이 다르다는 것은 더 몰랐다
깊숙한 내륙 여인들의 갈증
서쪽 바다 향해
도경계를 넘고 넘어 내달렸다

변산 반도
탁 트인 곳은 아니지만
수억겁 시간으로 도서관을 세우다니
바람 강의실 바위 걸상
바다의 인문학 강의 귀기울인다
빽빽이 꽂힌 고서들 판독하느라
물이 차오르는 것 몰랐다

더러는 가볍게 건너고
발이 빠지기도 하면서 뛰어 나가는데
다리 수술한 한 여인 쩔쩔맨다
차례 기다리던 깡마른 남자
바지를 둥둥 걷더니 덥석 업어

물 위를 유유히 걸어 나간다
바다의 사서는 더 빠르게 기록하고
선회하던 갈매기들 해산시킨다

슬픈 노래

오대동 앞뜰
경지정리 잘 된 논둑에 뱀 성하다
갑장산 허리 끊어 상주 청원 간 고속도로 뚫리고
마을로 내려온 뱀들 콘크리트벽 넘지 못해
산으로 가지 못했다
동면하고 새끼를 깠나 보다
외로 똬리 틀고 갑장산 바라기 하다가 하다가
허옇게 허물 벗고 하늘로 올랐나
추수 끝낸 들판 허물 지천이다

바람 스산하다

제4부

나도 산

청신하다 청신하다
초록이 뚝뚝 뜯는 산기슭
작은 집 마당에 트럭 한 대 강아지 한 마리
비탈 사과밭이 5월을 품어
열매 달고 그저 산이다

고사리 취나물 다래순 한 망태기 따오겠다
백도라지 더덕 잔대도 캐고
가끔은 8부 능선 미끄러져
산삼 한 뿌리 캐는 날도 있을 것이다
하수오로 술을 담아
달빛이 산을 비질하는 밤
참나무 여린 잎 바람에 뒤집혀 하얗게 보일쯤
친구들을 부르겠다

천장 서까래에 오만가지 약초 봉다리 매달린
저 흙집으로

그 곳

간밤 꿈에
고향집으로
친구들을 우르르 데리고 갔네

어릴 적 그 큰 마당
고목 엄나무 허리 묶은
바지랑대 높은 빨랫줄
겨울은 너무 춥고 을씨년스러웠지
읍내에서 불어오던 서보뜰 칼바람
도랑 따라 스며들다 저 멀리 사라지던
고요가 천 길 낭떠러지로 이어지던

댓닢이 달빛에 어려 격자 창호에 일렁일렁
모서리 둥근 토방
내가 태어나고 사촌들이 태어난
그 작은 방에 친구들을 앉히고
아궁이에 관솔불 지핀다
김이 오르는 시루떡 들고
뭘 그리도 분주히 나댔는지

다 허물어지고 사랑채만 남은 집
뒷산 소나무 청청하고
가을이면 헛간 지붕 위에 상수리 떨어지는 소리
내 태가 묻힌 그 곳
생각만으로도 마음이 진정되는 곳
다 떨치고 마스크 벗어 던지고
반나절만 서성이다 오리

소주 고추장

권 시인 출판기념회에서
챙겨주는 소주 다섯 병을 가져와
고추장을 담갔다고 했더니
주당들이 눈을 번뜩이며 게걸스럽게 군다

고추장에 소주를 넣나

친구들도 친정엄마 시어머니가 되어가는 지라
담가 먹지 않을 것 같은데도 레시피를 물어 쌓는
다

고춧가루 일곱 근에 거드는 것들이 많아여 맛의
손을 흔드는 신안 천일염 1.5킬로 엿기름물 넉 되
에 찹쌀가루 한 되, 밤새 푹 삭혀 쫠쫠 과야 돼여
매실액도 1천 밀리 넣고 메줏가루, 창녕 띄운 밀
두 봉지, 사각 양철통 8킬로 상주 쌀엿은 가스불에
뭉근하게 녹여야 돼여 번쩍 들어 엿발 다 내릴 때
까지 좌르륵 단전에 힘 모으고, 구례 화엄사 기념
품 큰 주걱으로 젓고 젓고 또 저어야 돼여 손목터

미널증후군이 재발할 만도 하겠지 바닷바람 스민
구룡포 소주 1.8리터 넣었다 했지

코딱지만한 병이지만 열 개나 퍼돌렸는데
소주 맛이 하나도 안 난다고 지랄들이네

지펠

왼쪽 어깨에 Zipel 이름표 달고
23년 3개월
출장 왕진은 두어 번 있었지만
장수하는 네게 따지고 싶었다
설치일 : 2000년 5월 30일

버릴 것을 웬 법석이냐는 핀잔에도
수의를 입히기 전 장의사처럼
식초를 묻혀 얼룩 닦고 구석구석 행주질 했다
마당의 꽃을 꺾어 손잡이에 꽂았다

단신인 내가
6척 아이로 키우기까지
단숨에 일 리터 우유를 마시고
문 열고 닫기를 수천 번
아이를 먹이고 거둬 준
묵묵히 본분 이상을 했다

긴 인사는 안 되겠다

아직 따뜻한 기운이 남은 널
팔 벌려 크게 안으니
봄에서 여름 가을에서 겨울 또 겨울
긴 시간이 주마등처럼 스친다
많이 고마웠다

현관 문짝을 떼어내고
관처럼 들려 나갔다

불편하다

들판에다 집 짓고 산 지 몇 해
가까이 있는 산과 펼쳐진 들녘
뽀송한 햇살에 흐드러진 들꽃
지인은 여기 살고 싶단다

길가에 떨어진 끈태기에도 깜짝깜짝 놀란다
지네 노네각시 지렁이
뱀은 더 무섭다
풀이 무성한 때면
작업장 옆으로 힐금힐금 지나는 놈
외마디 비명에 혼비백산
몇 날 오금이 저려 근처에 굴신도 못 한다

그렇다
콘크리트 들이붓고 담 올리고
쳐들어온 내가 잘못이다
마당귀와 틈서리
파란 바람 검푸른 감나무 숲
다 그들과 한편이다

뱀은 해마다 길어진다

난 그 곳을 매일 간다

병성천 하천부지 완만한 십 리
자전거 길도 산책로도 물길따라 꿈틀거린다

어린 배롱나무들
큰비 황톳물에 쓸려 애처롭더니
검불 칭칭 감은 채로 꽃피워낸다

여름꽃의 여왕
열흘 붉은 꽃 없다는데 어쩌자고
백일을 피고 지고
아, 붉고 뜨거운 두근거림
예약된 백일이다

훅 올라오는 열기
참매미 발악 여름을 잘게잘게 쪼갠다
짧은 너의 생도 흐르는 냇물도 꽃도 다 어쩌지
못해
동해사 저녁 종소리 맥없이 녹아내린다

꽃가지 사이의 푸른 여백
만물이 쩔쩔 끓는다

경자

경자년 그 이름을 가진 이들에게 케이크 교환권
을 준다는 대형마트는 왜 묻어버리고 싶은 기억을
소환하는지

너나없이 헐벗은 때 남아 선호가 구한말이나 별
차이 없던 시절에 태어난 상처의 이름이다 어깻죽
지에 동전만한 우두 자리를 가진 여자 부모가 일
부러 밀친 것은 아니지만 서울로 대구로 유학 떠
나는 오빠 남동생 뒤치다꺼리하느라 늘 허기지고,
배움도 땅도 다 남자 형제들에게 양보했다 당연
대대로 그들의 것이었다 그럭저럭 결혼을 하고 부
모 유산 다 말아먹은 남편 질질 끌다가 이혼을 했
지 혼자의 삶이 녹록했을까마는 자식들 건사하고
알뜰하게 살아냈다 늦은 공부에 끙끙 앓았지만 지
식의 바다가 그리 무한하고 황홀하리라고는 미처
몰랐다고 학위를 받고 품도 넓어졌지만 뒤늦게 억
울함이 슬금슬금 올라왔다 제때 배웠다면 오빠의
저 지위가 내 자리일 수도 있었겠구나 또 다른 하
나는 굽은 소나무가 지키던 선산 그 넓은 박토가

고속도로로 편입되어

텃밭 일기1
- 냉이

일 능이 이 송이라고 산에서는 애기하잖아
속살까지 녹아 폭신폭신한 봄밭에서는
일 냉이 이 달래 삼 꽃다지라고 해 볼까
단연 냉이가 으뜸이야
잠에서 막 깨어 기지개 켜는
볼그레한 보호색 입은 채
바닥에 착 달라붙은 냉이가
떠나지 못하고 서성이는 겨울의 눈치를 보네
영닢이 너덜너덜 잔손은 많이 가지만
호미 끝에 쏙쏙 올라오는 뽀얀 종아리
겨우내 응축된 힘이야
보약 한 바구니

추워서 부르르 떠는 향

텃밭 일기2
-7월 뙤약볕

장마는 소강상태
푹푹 찐다

콩밭 지심 벅벅 긁고 북주기
들깨 순 지르기
고구마 벌순 쳐 날리다가
풀 뽑기

파모종은 다닥다닥 붙여 심기
장다리 올라간 상춧대 눕히기
탄저병 고추 따버리다가
풀 뽑기

붉은 고추 한 개 두 개
호박 넝쿨 길 터 주다가 호박 한 알 뚝
지실 든 가지, 이제나저제나
또 풀 뽑기

도라지꽃 몽우리 뽁뽁 터트리다가
토란잎 오마쥐고 물구슬치기 한다

텃밭 일기3
-돌

숲을 이루던 풀을 다 뽑은 날
등때기 타고 주르르 내리는 희열

동이 할매가 눈만 뜨면 밭에 나와 앉는 건
영감님 보기 싫어서만은 아닌 것 같다

호미 끝에 튕기는 돌의 촉도 은근하다
애기 주먹만 한 것부터 공깃돌까지
돌무더기가 애장터의 모습이다

콩밭에 북을 주던 시어머니
손도 빠르고 몸도 가볍고
고구마만 한 돌은 휙 휙 던져 놓고
잔잔한 돌은 흙 속으로 흩어 자리를 잡아준다
뒤따르면서 돌을 주워 내던 내게
그럴 것 없다
돌이 오줌을 잘금잘금 싸 줘야 농사가 잘 된데이

우체부

오토바이에 따발총을 달고 달려온다
뜨거운 모래 언덕 뒤에서 온
검은 베일의 숨결이다

칭칭 감싸맨 얼굴 헬멧 속 두 눈알이 번뜩인다
아래턱 까딱 들었다 놓을 뿐

대출 상환 통지서 카드 명세서 공과금
날짜 지난 신문
종이가 아까운 간행물들

담 없는 집
후미진 뜨락 초토화 시키고
개소리를 끌고 사라진다

초로 일기

맘이 옭아지고 쪼잔해진다
스치는 바람에게 버럭 하고
창고 대방출 봄 햇살 유혹도 고깝다
육덕진 보름달이 엔간히 하란다

또 바짝 대다 깎았나 보다
돋보기 가져 오기에 퇴행성 무릎으로
벌떡 일어서는 것이 버겁기도 했다
손톱 밑이 이틀째 아리다

고지혈증 약을 평생 먹어야 한다는
의사의 말 대놓고 우울하다
각종 건강 보조제와 비타민 병에 굵은 글자로
식전 식후 구분지어
성분과 부작용 미간 찌푸리고 들여다본다

하아

빗물에 미끄러질까 얼마나 조신했는지

내려딛는 난간을 꼭 잡고
한 계단 한 계단
엄마
　엄마
　　엄마

각을 잡고

내가 없어도 모양새 더 나빠지지 않을
두 달 만의 모임에
나는 사나흘 전부터 준비한다
찌든 씽크대 빡빡 닦고
멸치조림 하나 더 해놓고
반찬마다 속 보이게 맑은 랩으로 싸고
삐뚤어진 전자렌지 똑바로 각 잡아놓고
행주질 한 번 더 하고 현관 나서면서
가스 중간 밸브 확인하고
신발 정돈하고
주유하면서 세차까지 하고
헉헉 모임에 참석하면
그들의 생경한 표정이 왜
내 생활의 예의를 한방에 무시한다
그들 살림은 그냥 왔음에도 속성 예의 차린 나보
다
더 예의 있을 터

나는 늘 바쁘고 길 떠날 때는 더 나부댄다

등대

오늘밤도 LED 불빛 형형 밝다

동쪽 능선 끝 동해사
내륙 깊숙이
바다 해海자를 쓰는 사찰 자리한 연유
천 년 전에도 비옥했던 서보뜰
바다처럼 넘실댔기 때문만은 아니었을 거야

사하촌 무지랭이 민초들
춘궁기 주린 배 훌치 매고
혹한에 삼베 바지 걸쳤지만
캄캄한 밤 동쪽 산마루 불빛에 의지하여
누에 치고 길쌈 하고 자손도 보았다니

시커먼 감나무 숲 언덕
동해사 불빛 멀리 마주하는 곳
여과 없이 훅 들어온
가시 빼는 자리
울기 좋은 자리

시를 기다리며

느티나무 잔가지에 바람이 인다
이런 날 뭔가 있지 싶지만
시린 바람 날숨 길다
사방 산으로 둘러 싸여
하늘 아래 빼꼼히 동면 중이다

언제 오나
담 너머 목 빼고 기다렸는데
나 없을 때 잠시 다녀갔을까
감나무 꼭대기 까치 한 마리 울지 않는다

바람이 잦아든다
거북하던 속내도 잠잠해지고
겨우내 산 아래 얼어붙었던 마을도
우두둑 관절 꺾이는 소리로 일어선다

바람 갈기에 머리채 얼얼하도록 달리고 싶다

가장 지역적인 것이 가장 세계적인 것이다

수필가 이상훈

살아오면서 사람이 사는 삶의 꼴에 대한 물음과 종종 마주한다. 물질에 무게 중심을 두고 사는 사람이 있는가 하면 정신적인 세계에 온 삶을 바치는 사람이 있다. 보이는 것에 값어치를 더 매기는 사람이 있는가 하면 보이지 않는 것에 목숨을 거는 사람도 있다. 하지만 사람들은 거의 그날그날의 삶에 발을 디디고 살며, 거기서 한 발 더 나아가기 위해 애쓰며 산다. 현실에 발을 디디고 사는 한 삶의 두 얼굴에서 벗어나기 힘들기 때문이다.

어떤 사람은 이쪽으로 치우쳐 살고, 어떤 사람은 저쪽으로 치우쳐 산다. 어떤 사람은 많이 가졌으면서도 거의 베풀지 않거나 적게 베풀며 산다. 어떤 사람은 적게 가지고 있지만, 가진 것에 비해 많이 베풀며 산다. 거기서 삶의 꼴이 나오고 삶의 길이 매겨진다.

가장 넉넉하게 가진 게 말이어서 그랬을까. 마음에 와닿는 말을 걸어 두고 곱씹으며 몸과 마음으로 삶을 일구어가는 게 좋은 삶이 아닐까 하는 생각을 했다.

젊을 때는 '정성'이라는 말이 좋았다. 먼저 살다 가신 어른들의 정서를 소박하게 고스란히 담고 있는 말이라는 생각이 들었기 때문이다. 그다음에는 '신명'이라는 말에 꽂혔다가, '새로움', '자유'로 넘어가면서 내 삶의 분위기도 달라졌다. 지금은 '순수'라는 말에 온통 마음이 가 있다. 세상 사람들은 흔히 자신을 드러내려고 애쓰고, 때로는 과장되게 자신을 포장한다. 순수한 삶의 꼴로 세상 끝까지 살아갈 수 있다면 그것만으로 성공한 삶이라는 생각을 한다.

그만큼 순수하게 산다는 것이 세상의 일반적인 판단 잣대와는 거리가 멀어졌기 때문일까. 순수함에 소박함까지가 곁들여지면 순박한 사람이 된다. 이순영 시인은 순박한 사람이라는 표현에 가장 어울리는 시인이다. 꾸미지 않고 날것 그대로를 살아가며 삶 속에서 드러내 보이는 모습이 바로 이순영 시인의 모습이다. 순수를 따르고자 하는 나의 사색을 삶으로 실천해 온 시인의 모습이 너무 반갑고 아름답다.

시집, 특히 첫 시집을 낼 때는 마음에 크게 물결이 인다. 이미 예순을 넘긴 나이지만 아무리 나이가 들었다고 해도 아니, 오히려 나이가 들수록 선뜻 마음을 내기가 쉽지 않다. 읽을수록 부끄러운 모습이라는 생각이 들어서 접었다가 다시 꺼내 읽으면 거기서 괜찮은 자신을 만난다. 다시 부끄러워지고, 다시 자신을 만나는 일을 이어 하면서 자신의 시를 세상에 꺼내놓는 일이 어떤 의미일까 생각하게 된다.

정제된 언어, 시를 통하여 나를 세상에 드러내는 일은 나를 나누는 일이다. 좋은 재력가들이 물질을 나누듯, 노동자들이 기능과 힘을 나누듯, 시인은 시를 나눈다. 적어도 시집 출간으로 나를 크게 드러내겠다는 의도가 아닌 한 시인은 순수하다. 시의 뿌리가 되는 근본 속성이 순수에 바탕을 두고 있기 때문이다.

이순영 시인이 살아온 과정과 사고, 사색의 방향이 늘 순박함을 머금고 있는 한, 이 시집은 큰 나눔의 손이다. 자기만 생각하며 드러내는 데 온

통 삶을 바치는 사람들에게는 아픈 경고의 메시지
가 될 것이다. 가진 게 없는 순박하고 가난한 사람
들에게는 희망의 손으로 다가갈 것이다.

시를 쓰는 이유가 어쩌면 이러한 순수를 유지하
며 살아가기 위한 발버둥일 지도 모른다. 시를 쓰
면서 순수를 다지고, 순수를 살아간다. 순수를 가
꾸어내고 이웃에게 널리 알린다.

농사를 지으면서 자연 속에서 자연과 더불어 살
아가는 시인의 삶은 이미 이웃과 이어지는 마음,
이웃과 이어지는 살뜰하고 순수한 관계로 맺어져
있음을 본다. 삶 자체가 이웃에 대한 따뜻한 눈으
로부터 시작하고 있음을 보기 때문이다. 표제시에
서부터 그 마음이 그대로 드러난다.

할매는
사랑방 횃대에 여름을 하얗게 걸어 두고
사그락사그락 친정을 간다.
모시치마적삼 가슬가슬 풀먹어 부풀고
코고무신은 덩달아 광이 난다

참빗질 단아하게 쪽을 지고
단정한 콧날에 눈매도 반듯하다
미수米壽의 물꼬 틀고도 한 마리 학인 양
시오리 방둑길을 서리서리 돌아

열네 살에 여읜 아버지 제사에 간다
늦여름 매미소리 사열 받으며
양 어깻죽지 날개를 단 듯
오갈미 간다
늙은 친정을 간다

<'오갈미댁' 전문>

표제시는 보통 자신의 이야기다. 하지만 이순영 시인은 오갈미댁을 그 중심으로 소환하고 있다. 오갈미댁의 친정이 어쩌면 시인의 친정이다. '오갈미'에 스며들고 돌아가신 지 70년이 넘은 아버지의 제사에 늙은 친정을 가는 할매, 오갈미댁의 정성에 마음이 기울어 있다. 자신도 모르게 친정을 함께 가고 있다. '모시치마적삼 가슬가슬 풀'을 먹여 입고, 코고무신 말갛게 닦아 신고, 참빗질까지 한 모습은 현대를 살되 전통을 놓지 않은 단아한 모습이다.

여든여덟의 나이에도 친정을 가는 오갈미댁을 따라 친정을 가는 시인은 전통의 마음을 잃지 않은 순수한 모습을 한 치의 얼룩도 없이 정갈한 모습으로 바라보고 있다.

이웃들에 보내는 따뜻한 시선은 표제시인 '오갈미댁'에서부터 비롯된다. '초여름'에서는 재건복을 입은 십장 아저씨께도 눈길을 돌린다. 꿀벌을 치는 산 아래 첫 동네 강씨도 보이고, '지 지집을 펑펑 패는' 허우대가 장골인 '실경이'를 보는 눈도 따뜻하다. '곶감철'을 메우는 미용사들, 외국인 노동자, 관절염 다리 할매, 시청 과장 사모님까지 하나하나 눈에 넣어두는 것은 그만큼 따뜻한 마음으로 살아가고 있다는 반증이다. 서울 사람 김 사장, 팔순의 양춘금 할머니, 장태분 할매도 함께 살고 있고, 동네일을 보는 이장도 빠지지 않는다. 칠십 대 농학박사 아버지의 박사 학위 받았다는 큰아들, 큰 은행 다니는 작은 아들은 같은 동네에서 함께 살지 않아도 기억 속에서 지우지 않는다.

이렇게 눈길을 주었던 사람들은 거의 자연 같은 사람들이다. 모나지 않고 둥글둥글 무한긍정으로 살아갈 것 같은 사람들이다.

이 사람들은 여러 가지 우리만이 가지고 있는 풍습을 고스란히 보여주면서 시 안에서 자연처럼 살아가고 있다.

'초여름'에서는 사방공사가 나오고 아버지가 십장 아저씨와 아카시아를 심는다. '정들이기'에서는 메뚜기를 잡는 모습이 실감나게 보인다. 지금도 가끔 메뚜기를 잡는 사람들이 있지만 곧 잊어버릴 수 있는 풍습이다. '실경이'에는 손이 귀한 집에서는 치성을 드리고, 그렇게 나은 아이를 '실경'에 올려놓아 아프지 말고 잘 자라라고 하던 옛 풍습을 그대로 보여준다. '곶감철'은 상주에서만 볼 수 있는 모습이다.

외국인 노동자에다, 관절염으로 다리가 아픈 할매, 심지어 시청 과장 사모님까지 감을 깎고 매달며 일하는 모습을 보여준다. '버름하다'에서는 농촌의 넉넉한 인심이 그대로 드러난다. 서울 사람 김 사장 처가 동네에 집을 지어서 풍물을 치면서 축하하던, 이미 저만큼 사라진 풍습이다. '구두실'은 일상적인 삶의 풍습을 고스란히 보여주는 소중한 내용이다. 청솟갑을 쳐대는 매캐한 아궁이, 세숫물을 데워서 고양이 세수를 하던 아침, 소반, 그 위에서 간장 종지가 미끄러지고, 문고리에 손이 쩍쩍 달라붙던 일상이 고스란히 보인다. '망종'에서도 재미있는 일상이 그림처럼 펼쳐지고 있다. 정구지 석 단, 열무 닷 단을 이고, 오일장을 가서 팔고 간잽이 고등어로 바꾸어 오던 참 행복한 일상이다. 그때만 가능했을 '물레 혼인'은 참 귀한 풍습을 전해주고 있다. '문고리 쩍쩍 달라붙는 섣달 초승 순옥은 이씨 노총각과 부용은 권씨 후처로 오생은 광산김씨 둘째 며느리가 되었다. 세 집안이 사주단자를 주고받고 받고주고 한날 한시에 혼사를 치러' 이를 물레 사돈이라고 했다. 물레처럼 돌아가면서 한 혼사의 모습을 재미있는 시선으로 전해주고 있다.

　　뒤안 대숲이 무섭게 울었다
　　문풍지 밤새 버릉버릉 떨고
　　돌담으로 드나드는 바람
　　소나무 가지 내려앉는 소리에 뒤척이다가
　　새벽잠 든 날은 엄마 목소리 다락보다 높았다

　　청솟갑 쳐대는 매캐한 아궁이 불길 활활 치솟고
　　세숫물 데워 바가지 띄워 놓으면
　　발갛게 튼 손등 따가워 고양이 세수를 했다
　　소반 위 간장 종지 미끄러지고 문고리 쩍쩍 붙
지만
　　기름 동동 뜨는 고깃국이라도 먹는 날은
　　한 마장 넘는 등굣길 아랑곳 않고
　　북풍이 몰고 온 눈보라에도 기죽지 않았다

　　애면글면 아파도
　　고향집 삐걱거리던 마루
　　이끼 낀 돌담 그을린 정지문
　　흙마당에 자욱이 깔리는 저녁 연기
　　젊은 엄마의 광목 앞치마
　　예닐곱 겨울

<'구두실' 전문>

하지만 시인이 이 나이가 될 때까지 순수함을 이어갈 수 있었던 것은 사람들보다는 구두실 때문이라고 확신한다. 이 시를 보면 '젊은 엄마의 광목 앞치마', '다락보다 높은 엄마 목소리'가 잠시 나올 뿐, 사람이 없다. '뒤안의 대숲'과 밤새 떠는 문풍지, 소나무, 청솟갑, 아궁이, 문고리, 등곳길, 북풍, 눈보라, 돌담, 정지문, 흙마당, 저녁 연기가 시인을 키웠다.

'상주 서곡'에 더 아름다운 시인의 고향 풍경이 펼쳐진다. '그 갑장산 오른쪽 어깨에 기댄 식산 새방골이/ 코앞에 바짝 다가앉습니다/ 물탕골 샘마다 구름 꽃피워 올립니다/ 밤사이 산이 내려앉아 평평해졌다는 성지골/ 마샷골 아래 서당마는 엷은 강보에 싸여/ 잠든 듯 평화롭습니다/ 인가가 드문드문한 웃뜸/ 천 년 동안 동해사를 지고 합장하는 대밭골/ 무지치기 배우이 갈가실재 우암재도/ 아버지 좌익하다 쫓겨 숨어 지내던 범골 굴/ 골짝 골짝 전설이 꽂힌 도서관입니다' 시인의 고향은 참으로 그의 도서관이었다. 굳이 애쓰지 않아도 늘 새로운 순수를 자연스럽게 보여주며 가슴을 적셔 주던 곳.

'그 곳'에 보면 자연적인 환경은 더 확장된다. '고목 엄나무, 바지랑대 높은 빨랫줄, 서보뜰 칼바람, 도랑, 댓닢, 토방, 아궁이, 관솔불, 상수리 떨어지는 소리……. 인위적으로 커가는 요즘 아이들과는 다르다. 있는 그대로의 자연과 자연을 닮은 환경이 아이들을 순수하게 이끌었고, 어른들은 그렇게 커가는 아이들을 간섭하지 않았다. 자연스럽게 물 흐르듯이 순수를 배웠고, 자연을 가슴에 품었다.

어른이 되어서도 자연을 떠나지 않고 자연과 더불어 살아가는 시인의 삶에는 자연이 가득하고, 자연이 가족처럼 친근하다. 농사를 업으로 살아가면서 작물들과 몸을 비비며 산다. 오이 농사를 크게 짓는 시인은 호박순에 접을 붙인 오이가 시들해지면서 힘센 호박이 밀고 올라오는 모습을 놓치지 않는다. '번번이 잡초처럼 비틀려 패대기'<'단연코'에서>칠 수밖에 없지만, 그 호박순에도 애정의 눈길을 아끼지 않고 있다. 창밖 빈터에 옥수수<'옥수수'에서>를 심고, 메주콩<'콩고르기'에서>을 심는다. 들깨, 파, 상추, 호박, 도라지, 토란, 고구마<'텃밭일기'-7월 뙤약볕에서>도 심는다.

그뿐이랴. '여름 마당'은 바랭이, 쇠뜨기풀, 쑥부쟁이, 지칭개, 벌씀바귀, 까마중, 개망초, 제비꽃, 방거지똥, 도깨비바늘, 수크렁, 쇠비름, 명아주, 매듭풀, 괭이밥, 주름잎, 돌콩, 꽃마리, 박주가리, 왜래종 가시박덩쿨<'여름 마당' 부분>이 뒤덮는다.

꽃은 또 얼마나 많은가. 아카시아꽃<'초여름'에서>이 피고, 애기똥풀꽃<'애기똥풀'에서>, 능소화, 큰나리, 해바라기, 꽈리, 봉숭아, 여주, 채송화, 개나리, 맨드라미, 상사화<'엄마 꽃밭'에서>가 피고, '길 옆 옹기종기 서로 보듬는 푸른 눈빛'으로 피어 있는 제비꽃<'제비꽃'에서>도 앙증맞다.

'나도 산'으로 가면 자연을 대하는 반경은 훨씬 더 넓어진다. '고사리 취나물 다래순 한 망태기 따 오겠다/ 백도라지 더덕 잔대도 캐고/ 가끔은 8부 능선 미끄러져/ 산삼 한 뿌리 캐는 날도 있을 것이다/ 하수오로 술을 담아/ 달빛이 비질하는 밤'에는 '나도 산'이 되는 것이다.

산을 배경으로 한 시인의 옛 고향 집 마당에서 수제비 한 그릇을 먹고 싶다. '멸치 국물은 우리고/ 감자는 숭덩숭덩 맘대로 썰어/ 치대고 늘리고 주먹질로 깨운 반죽/ 양파 김치쪼가리 오르락 내리락할 때/ 빗소리에 얹어 뭉텅뭉텅 뜯어 넣'은 수제비 한 그릇을 먹고 싶다.

시 가운데 뱀이 나오는 시가 두 편이 있다. 하나는 '불편하다'에서 나오고, 하나는 '슬픈 노래'에 있다. '불편하다'의 징그러운 뱀을 '슬픈 노래'에서는 측은하게 바라보며 걱정하고 있다.

길가에 떨어진 끈태기에도 깜짬깜짝 놀란다
지네 노네각시 지렁이
뱀은 더 무섭다

풀이 무성할 때면
작업장 옆으로 힐금힐금 지나는 놈
외마디 비명에 혼비백산
몇 날 오금이 저려 근처에 굴신도 못 한다

<'불편하다' 부분>

시인뿐만 아니라 대부분의 사람들은 뱀이 불편
하다. 보는 것만으로 외마디 비명을 지르면서 멀
찌감치 피한다. '뱀은 해마다 길어지'고 사람들의
마음도 멀어진다. 하지만 징그러운 뱀 앞에서도
시인은 슬프다. '갑장산 허리 끊어 상주 청원 간 고
속도로 뚫리고/ 마을로 내려온 뱀들 콘크리트벽
넘지 못해/ 산으로 가지 못'<'슬픈 노래' 부분>한
뱀들이 마음에 걸린다. 그들이 가야 할 길이 있고
그들이 편안하게 잠자리하던 곳이 있는데 사람들
의 편리가 그 길을 끊어버렸다고 걱정한다. 그만
큼 시인은 자연이다.

밥이 질면 구시지요
밥이 되면 꼬숩지요
짜면 물 더하면 돼
싱거우면 장물 좀 타요

<'무한긍정' 부분>

　　장태분 할매의 입을 통하여 전달되는 시인의 마음은 무한긍정의 삶으로 걸어 들어간다. 무엇이든 고개 끄덕이며 받아들이는 마음으로 산다. 자연이 주는 것에 감사하면서 살아가는 삶의 모습이 고스란히 드러난다.

　　페트병 하나 들고 메뚜기를 잡으면서도 온갖 것을 다 가진 듯 행복하고<'정들이기'에서>, 냉이를 캐면서도 '캐는 냉이마다 향 맡아 보느라/ 코 끝에 흙'<'2월'에서>이 묻는다. 남새를 키우면서도, 꽃을 심으면서도, 산나물을 뜯으면서도 행복하다. 자연은 아무리 작은 것이라도 다 아름답게 받아들이게 한다. 나누게 한다. '하수오로 술을 담아/ 달빛이 산을 비질하는 밤/ 참나무 여린 잎 바람에 뒤집혀 하얗게 보일쯤/ 친구들을 부르겠다'<'나도 산' 부분>고 마음을 먹는다.

　　상주에서 나고 자란 시인의 몸에는 상주의 언어도 함께 자리 잡아 크게 자란 모습을 고스란히 보여주고 있다. 상주 말투를 통째로 사용하여 시를 쓰기도 한다.

　　은행잎 자네가 노라면 노랬지
　　왜 나더러 노래지라는 거라
　　노악산 고운 비단띠를 두르고
　　서둘러 마을로 내려오는데

남장 동네 감이파리 네가 붉으면 붉었지
왜 나더러 붉어지라는거라

절 마당에 알록달록한 햇살 노닐고
계곡 물소리 추루룩추루룩 만추라 하는데

퇴동 모퉁이 비탈에 선 참나무도
찝적찝적 물색없이 굴고 있는 거라

산이, 산이 나더러 단청 입으라 하는데
어째여, 나 어째여

<'어째여' 전문>

동사나 형용사 끝에 '-여'자를 붙이는 것은 상주 말의 대표적인 특징이다. 화령재를 통하여 충청도로 연결되는 지리적 영향을 받은 것으로 본다. 소백산맥 줄기를 두고 경상도와 충청도로 갈라진 지형적 특성 가운데 이화령으로 이어지는 문경, 추풍령으로 이어지는 김천과 더불어 화령재를 통하여 충청도와 느슨한 오고 감이 이루어지고 거기에서 느린 충청도의 '-유'가 '-여'로 바뀌어 충청도보다는 짧고, 경상도가 지닌 특유의 빠른 흐름보다는 긴 중간적 특성을 지니게 되었다고 설명하는

말투다.

시에는 지금을 살아가는 상주 사람들도 잘 모를 수 있는 옛날 말들이 많이 나온다. 바로 시인을 키운 말들일 것이다.

'나부댄다'<각을 잡고>는 많이 움직이는 모양을 나타내고, '거북하던'<시를 기다리며>은 난처한 모습, 혹은 어려운 모습을 나타내기도 한다. '끈태기'<불편하다>는 끈이나 줄을 의미하며, '청솟갑'<구두실>은 싱싱한 소나무 가지를 의미한다. '할마이'<노령연금>는 노인을 일컫는 말이며, '그단새'<상강>는 그 사이를 나타내는 말이다. '깐종하게'<엄마 꽃밭>는 질서 정연하게, 혹은 '똑바르게'와 같은 뜻을 지니며, '삐뻰내기'<부정>는 수시로, '새초롬'<청명 무렵>은 금방 비라도 올 것 같은 흐린 날씨의 분위기, '장꽝'<엄마 꽃밭>은 장독대를 말한다.

가는 곳마다 토속적인 옛날 이름도 꿈틀거리며 일어선다. '오갈미'<오갈미댁>, '새방골', '물탕골', '갈가실재'<초여름>, '구두실'<구두실>, '성지골', '마삿골', '범골'<상주 서곡>, '병모가지봉'<초여름>과 같이 순수한 우리말 이름이 이렇게 시 속에서 꿈틀거리며 살아 있다는 것이 반갑다.

시인은 순수한 상주 사람이다. 상주에서 나고 자라 상주에서 터 잡아 살고 있는 순수 토종이다.

가장 지역적인 것이 가장 세계적인 것이다. 오롯
한 상주를 쓰고 있는 시인의 시가 소중한 이유다.
상주에서 태어나 상주에서 살아가고 상주에서 묻
힐 상주 사람인 시인이 소중한 이유다.

　시인의 시 속에 등장하는 상주 사람들과 상주의
자연 환경, 꼴이 다른 여러 가지 상주의 풍습, 말과
토속 지명까지 그의 시 속에서 세월이 갈수록 더
욱더 귀하고 소중한 것으로 남게 될 것으로 확신
한다.

늙은 친정을 간다
이순영 시집

인쇄 2025년 12월 15일

발행 2025년 12월 30일

발행인 이은선

발행처 반달뜨는 꽃섬 [서울시 송파구 삼전로 10길50, 203호]

연락처 010 2038 1112   E-MAIL itokntok@naver.com

ISBN 979-11-91604-66-5   (03810)